मैं क्या लिखूँ?

जज़्बात या सिर्फ़ अल्फ़ाज़

Published By

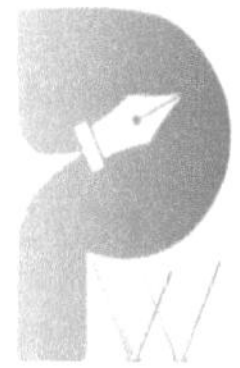

मैं क्या लिखूँ?

जज़्बात या सिर्फ़ अल्फ़ाज़

Written By आकाश गोस्वामी

Copyright ©

ISBN (Paperback) - 9789390724222

First Edition : 2021

Book Design by POETRY WORLD

मैं क्या लिखूँ?

जज़्बात या सिर्फ़ अल्फ़ाज़

आकाश गोस्वामी

प्राक्कथन

बचपन से मुझे पढ़ने-लिखने का ख़ासा शौक़ नहीं रहा है।
लेकिन ऐसा भी नहीं है कि पढ़ना-लिखना पसंद नहीं था।
अपनी छोटी-सी उम्र में मैंने बहुत कुछ सीखा है, और आगे
भी सीखने की जिज्ञासा रखता हूँ। अब तक मैंने कुछ ऐसा भी
नहीं किया है। जिसको मैं अपनी उपलब्धि के तौर पर बता
सकूँ, लेकिन कुछ वर्ष पहले मेरे पसंदीदा खेल शतरंज की
दुनिया में कदम रखते हुए अंतरराष्ट्रीय स्तर तक खेलने का
सौभाग्य मिला है। कविता या कहानी लिखने का शौक या यूँ
कहें तो स्याही से खेलने का चस्का कब लग गया, पता ही
नहीं चला और अब तो ऐसा हाल हो गया है कि कहीं कोई भी

पंक्ति अगर अच्छी लगती है तो उसे अपने मोबाइल या काग़ज़ पर लिख लेता हूँ। मेरा जन्म ०७ अगस्त २००२ ई०, बिहार राज्य के भ्रमरपुर प्रान्त में हुआ हैं। सिद्धिपीठ माता रानी के वजह से यह गाँव पूरे क्षेत्र में प्रसिद्ध है। घर से दूर रहकर शिक्षा प्राप्त किया है, शायद इसलिए क्षेत्रीय भाषा बोलने में आज भी, मैं असामर्थ्य हूँ। वर्तमान में, मैं देहरादून में हूँ और अपनी ग्रेजुएशन की पढ़ाई के साथ-साथ संघ लोक सेवा आयोग (UPSC) की तैयारी में लगा हूँ।

आकाश गोस्वामी

लॉ कॉलेज देहरादून

उत्तरांचल विश्वविद्यालय

।। समर्पण ।।

मेरा यह काव्य संकलन समर्पित है मेरे पिता (श्री शंभु गोस्वामी) के चरणों में जिन्होंने मुझे हमेशा जीवन में सच्चाई के पथ पर चलने के लिए प्रेरित किया है। कठोर परिश्रम, ईमानदारी एवं अपने से पूर्व परिवार के हित में खड़ा रहना उनके जीवन का मूल सिद्धांत रहा है।

समर्पित है मेरी माँ (श्रीमती बबीता गोस्वामी) के चरणों में जिनके वजह से ही इतना कुछ लिख पाया हूँ, और जिन्होंने सदैव मुझे बेटे से बढ़ कर दोस्त समझा है। समर्पित है मेरी बहन (सुश्री आस्था गोस्वामी) को जिन्होंने ना सिर्फ़ बड़ी बहन होने का कर्तव्य निभाया है। बल्कि मेरे जीवन की पहली कविता में त्रुटि निकाल कर उसको सही भी किया है। समर्पित है मेरे दोस्तों को (जनाब सार्थक चौधरी, जनाब हर्ष अग्रवाल, जनाब स्पर्श दूबे) जिन्होंने हमेशा मुझे ऊर्जा प्रदान किया है समर्पित है उन तमाम लोगों को जिसने कभी ना कभी मेरा हौसला अफ़जाई किया है।

आकाश गोस्वामी
(मंज़र आकाश)

|| श्रद्धांजलि ||

डा० प्रभाकर पाण्डेय

(01/01/1952 - 31/07/2016)

INDEX

॥ तुम आज़ाद हो ॥

बाधाओं के पिंजरे तोड़,

जो ख़ुद अपना मुक़द्दर लिख जाते हैं।

उनसे जाकर पूछो,

शब्दकोश में आज़ादी के मायने क्या होते हैं।

मैं लिख रहा हूँ माटी पर इंक़लाब,

ये पढ़ने वाले तुम आज़ाद हो।

मैं गा रहा हूँ, विन्ध्याचल, यमुना, गंगा,

ये सुन खड़े होने वाले, तुम आज़ाद हो।

अमर जवान ज्योति के पावन लौ पर,

ख़ुद नतमस्तक होने वाले, तुम आज़ाद हो।

'रंग दे बसंती' गाने वाले सरदार की क़ुर्बानी

ख़ुद में जीवित रखने वाले, तुम आज़ाद हो।

आज़ादी के एक नहीं,

135 करोड़ अर्थ समझने वाले, तुम आज़ाद हो।

मिट्टी से अपनी निरन्तर,

बारूद की बू मिटाने वाले तुम आज़ाद हो ।

ख़ुद को अर्पण कर,

हमें आज़ादी का दर्पण देने वाले, तुम आज़ाद हो ।

हिन्दू-मुस्लिम-सिख-ईसाई, हम सब हैं भाई-भाई,

रूह में इसको जीवित रखने वाले, तुम आज़ाद हो ।

भुखमरी और बेरोज़गारी की जंज़ीरों को

पिघला कर जीने वाले, तुम आज़ाद हो ।

पढ़ कर पूरी गाथा को,

गर्व करने वाले तुम आज़ाद हो

सज़दे में तिरंगे के सर झुका कर गर्व से कहो,

सिर्फ़ तुम ही नहीं, हम भी आज़ाद हैं..*२

(काम सब ग़ैर ज़रूरी है, ये सब कहते हैं।

आओ! हम मुल्क पर ख़ुद को फ़ना कर के देखते हैं)

TUM AAZAD HO

Badhaaon Ke Pinzre Tod

Jo Khud Apna Muqadar Likh Jate Hai

Unse Jaa Ker Pucho SabdKosh Mein

Aazadi Ke Maiyne Kya Hote Hai ?

Main Likh Raha Hoon Maati Par Inqalab

Ye Padhne Wale Tum Aazad Ho

Main Gaa Raha hoon 'VINDHYA HIMACHAL"

Ye Sunn Khade Hone Wale Tum Aazad Ho

Amar Jawan Jyoti Ke Pawan Lau Par

Khud Natmastak Hone Wale Tum Aazad Ho

Rang De Basanti Gaane Wale Sardar Ki Kurbani

Khud Mein Jeevit Rakhne Wale Tum Aazad ho

Aazadi Ke Ek Nahi 135 Crore Aarth Samjhne Wale
Tum Aazad Ho

Mitti Se Apni Nirantar Barood Ki Buu

Mitane Wale Tum Aazad Ho

Khud Ko Arpan Kar

Humein Aazadi Ka Darpan Dene Wale

Tum Aazad Ho

Hindu-Muslim-Sikh-Isaaie Hum Sab Hai Bhai-Bhai

Rooh Mein Isko Jeevit Rakhne Wale

Tum Aazad Ho

Bhukhmari Aur Berojgari Ki Janjeere ko

Pighla Kar Jene Wale Tum Aazad Ho

Padh Kar Poori Gatha Ko Garv Karne Wale

Tum Aazad Ho

Sazde Mein Tirange Ka SArr Jhuka Ker Garv

Se Kaho

Sirf Tum Nahi Hum Bhi Aazad Hai

"Kaam Sab Gair Jaruri Hai Ye Sab Kahte Hai..

Aao! Hum Mulk Par Khud ko Fana Ker Ke Dekhte
Hai"

॥ जैसा उम्र का तक़ाज़ा है,

वैसा चलना अभी नहीं सीखा।

बेबाक़ लिखता हूँ आज भी मैं,

मैंने अल्फ़ाज़ रहते गूँगा होना नहीं सीखा ॥

Jaisa Umar Ka Takaja Hai

Waisa Chalna Abhi Nahi Sikha

Bebaak Likhta Hoon Aaj Bhi Main

Maine Alfaaz Rahte Gunga Hona Nahi Sikha

।। बुढ़ापा ।।

।। 'बुढ़ापा' जिसका भरोसा, किसी ने तोड़ा हो।

'भरोसा' जो आँसू बहा जाए।

'आँसू' जो किसी अपने के, याद में निकली हो।

'यादें' जो जीने की सिर्फ़, वज़ह बन जाए ।।

: चाँद हूँ या दाग़ हूँ, क्या जीवन का सिर्फ़ एक

पड़ाव हूँ?

:आग हूँ या राख हूँ, क्या सिर्फ़ एक गुमनाम राज़ हूँ?

:दवा हूँ या बस मर्ज़ हूँ, क्या सिर्फ़ गुजरा हुआ एक वक़्त हूँ?

:शब्द हूँ या बस संवाद हूँ, क्या तुम्हारे गोत्र का बस शोत्र हूँ?

:संसार हूँ या केवल भार हूँ, क्या केवल में एक वृद्ध इंसान हूँ?

:हकदार हूँ या बस पेंशन का सार हूँ, क्या तुम्हारे दिए चंद

टुकड़ों का मोहताज़ हूँ?

:जिद हूँ या जिम्मेदारी हूँ, क्या तुम्हारे वक़्त की हिस्सेदारी हूँ?

:पूँजी हूँ या सिर्फ़ अभिशाप हूँ, क्या मैं सिर्फ़ एक झुलसी पड़ी खाल हूँ?

.

|| उम्र की मेरी ढलती शाम में, यादों की तुम्हारी मिठास नहीं।

:खुश रख पाओ तुम मुझे, तुझमें ऐसी बात नहीं।

:भूल गए या तनिक भी प्रवाह नहीं,

ये बूढ़ा इंसान क्यों तुम्हारे किसी काम नहीं? *२

कारवाँ है गमों का या मंजिल यही है?

आकाश के कलम की स्याही में, अब लाली नहीं

बची है।

BHUDHAPA

'Bhudhapa' Jiska Bharosha Kisi Ne Toda Ho

'Bharosha' Jo Aanshu Baha Jaye

'Aanshu' Jo Kisi Aapne Ke Yaad Mein Nikli Ho

'Yaadein' Jo Jeene Ki Sirf Wajah Ban Jaye

Chaand Hoon Ya Daag Hoon

Kya Jeevan Ka Sirf Ek Padaav Hoon?

Aag Hoon Ya Rakh Hoon

Kya Sirf Ek Gumnam Raaz Hoon?

Dawa Hoon Ya Bs Marz Hoon

Kya Sirf Guzra Hua Ek Waqt Hoon?

Shabd Hoon Ya Bs Sanwaad Hoon

Kya Tumhare Gotra Ka Bs Shotra Hoon?

Sansaar Hoon Ya Kewal Bhaar Hoon

Kya Kewal Main Ek Virdh Insaan Hoon?

Haqdaar Hoon Ya Bs Penson Ka Saar Hoon

Kya Tumhare Diye Chand Tukdo Ka

Mohtaaz Hoon?

Jidd Hu Ya Zimmedari Hoon

Kya Tumhare Waqt Ki Hissedari Hoon?

Punji Hoon Ya Sirf Abhishap Hoon

Kya Main Sirf Jhulshi Padi Khaal Hoon?

Umar Ki Dhalti Shaam Mein

Yaadon Ki Tumhari Mithash Nahi

Khush Rakh Pao Tum Mujhe

Tujhmein Aaisi Baat Nahi

Bhool Gye Ya Tanik Bhi Pravah Nahi

Yeh Bhudha Insaan

Kyun Tumhare Kisi Kaam Nahi ?

"Karwaan Hai Gamon Ka Ya Manzil Yahi Hai

Akash Ke Kalam Ki Siyahi Mein,

Aab Laali Nahi Bachi Hai.."

॥ बादलों से झाँककर, चाँद को मैं देख लूँ

फिर पुराने एक यार से हँसी-ख़ुशी मैं बाँट लूँ

हसरतें मैं लाँघ दूँ, दुआओं में सिर्फ़ नाम लूँ

एक झलक मिले महज़, उम्र सारी छत पर गुज़ार दूँ ॥

Baadlon se jhankkaar, chand ko main dekh lun,

Fir poorane ek yaar se hansi-khushi

mein baant lun,

Hasratein main laangh dun, duvaaon mein sirf naam
lun,

Ek jhalak mile mahaz, umar saari chhat par gujaar
dun.

॥ घर कहाँ क़रीब है ॥

अब नहीं है त्यौहार जो घर पर मनाए थे,

मिलते कहाँ वो फुलझड़ी जो छठ में जलाए थे,

अब ना वो तरक़ीब है और ना वो जगह बचीं,

नुक्का-चोरी खेलने को जो कभी बनाए थे ।

चाह है कि घर में घूम लूँ, आँगन में ख़ुद को

छोड़ दूँ ।

बरसात में नंगे पाँव, गली-गली में झूम लूँ ।

द्वार से निकल कर, बगीचे सारे छाँट लूँ ।

बचपन से मिलकर मैं, बचपना उधार लूँ ।

अब कभी शहर में, शामें वो ढलती नहीं ।

अब कहाँ है रौशनी, तुलसी में जो जल रहीं ।

जुस्तजू है फिर वही रात हो

घर की वही कच्ची दीवार हो

पिता की डाँट इस तरफ़ तो

दुलार माँ का उस पार हो

चाहतें हो अनगिनत और ग़लतियाँ हज़ार हो

नए कपड़े मिले महज़ बस त्यौहार का इंतज़ार हो

पर नैनों में पीड़ है, अनकहे से तीर हैं

वो भी क्या दिन थे, जब साथ हम सभी थे

अब तो बस दिलों में कसक है।

बेहिसाब-सा रंज है।

आँगन मेरा बड़ा ही पाक है।

सच में! घर कहाँ पास है।।

GHAR KAHAN KAREEB HAI

Ab Nahi Hai Tyohaar Jab Ghar Par Manaye The

Milte Kahan Hai Fuljhariyan Jo Chath Par Jalaye The

Aab Na Wo Tarkeeb Hai Aur Na Wo Jagah Bachi

Nukka-Chori Khelne Ko Jo Kbhi Bnaye The

Chah Hai Ki Ghar Mein Ghoom Loon, Aangan Mein
Khud Ko Chod Dun

Barsaat Mein Nagne Pawn Gali-Gali Mein jhoom
Loon

Duvar Se Nikal Kar, Bagiche Sare Chaant Lun

Bachpan Se Mil Kar Bachpana Mein

Udhaar Lun

Ab Kabhi Sahar Mein Shamein Wo Dhalti Nai

Ab Kahan Hai Wo Raushni,Tulshi Mein

Jo Jal Rahi

Justju Hai Fir Wahi Raat Ho

Ghar Ki Kachi Deewaar Ho

Pita Ki Daant Ho Iss Taraf Toh

Dulaar Maa Ka Uss Par Ho

Chaahtein Ho Aanginat Aur Galtiyan Hazaar Ho

Naye Kapde Mile Mahaz Bas Tyohar Ka Intezaar Ho

Par Naino Mein Peed Hai, Aankhein Se Teer Hai

Wo Bhi Kya Din The,

Jb Sath Hum Sabhi The

Aab Toh Bas Dilon Mein Kasak Hai

Behisaab Sa Ranj Hai

Aangan Mera Bada Hie Pak Hai

Sach Mai! Ghar Kahan Pas Hai..

॥ मेरे सफ़र को अपना एक मुक़ाम दे देना ।

मैं चला आऊँगा, सब छोड़ कर

तुम मुझे बस आवाज़ दे देना ॥

"Mere Safar Ko Apna Ek Mukaam De Dena

Main Chala Aaunga Sab Chod Kar

Tum Mjhe Bas Aawaj De Dena"

28 **अक्तूबर** 2019

यूँ तो हर सुबह एक नया जोश, जज़्बा और सुकून ले कर उठती है ये ज़िंदगी, लेकिन आज की सुबह, रात का इंतज़ार लिए उठी है। इंतज़ार अँधेरों में जगमगाती रौशनी का, बच्चों के हाथों में जलती फुलझड़ियों या फिर परिवार संग बैठ समय बिताने का... दिवाली का पर्व होता ही इतना ख़ास है। मैं भी अपने घर की साफ़-सफ़ाई में लगा हुआ था, चूँकि रात में होने वाले गणेश पूजा का इंतज़ाम भी तो करना था। सब सही चल रहा था। यूँ तो कहते हैं, अब किसी बात पर खुलती कहाँ है खिड़कियाँ, पर ना जाने क्यों आसपास के सारे लोग दौड़ पड़े। उन्हें पता चला था कि मेरा बड़ा भाई अधमरी हालत में मिला है। दौड़ते हुए वो लोग उस वक़्त इस बात से बिलकुल अंजान थे कि शायद वहाँ कोई और भी हो सकता है। दरअसल घर के पास ही एक मिठाई की दुकान चलाने वाला शक्स भी ग़ायब था। दिवाली का दिन था, न लोगों ने ध्यान दिया और ना ही उनके घर वालों ने, बहरहाल बड़े भाई की मरहम-पट्टी करने के बाद, हम सभी घर लौट गए लेकिन शाम तक ये बात पूरे गाँव में मानो सूखे जंगल में लगी आग-सी फैल गई। तब तक अँधेरा अपने संग अनहोनी की कमज़ोर डोर ले आया था.. एक ऐसी डोर जिसे कोई भी तोड़ना ना चाहे।

विकास साह के नाम से पहचान रखने वाला ये शख़्स, अब तक वापस नहीं लौटा था। ढलते समय की कसौटी पर उनका परिवार मानो बिखर-सा गया था। पूरे रात तलाशने के बाद भी कोई उनके दोनों बच्चों को कोई जवाब ना दे सका- "रो मत! आ जाएँगे पापा"

इन बेरंग सुबह को कोई सुबह कैसे कहें, लेकिन अनहोनी को कोई टाल भी तो नहीं सकता। पास के ही पोखर में एक शव मिला है इन शब्दों के साथ उस दिन लोगों की सुबह होती है, और वह शख़्स कोई और नहीं वही, विकास साह है, जिसे बीते 24 घंटे से सभी ढूँढ रहे थे। लोगों की तलाश तो ख़त्म हुई लेकिन जज़्बातों का जन-सैलाब उमड़ पड़ा। उस 30 वर्ष के इंसान को अभी बहुत काम करना बाक़ी था। उन्हें अपने बच्चों को बड़ा, अपनी पत्नी संग बूढ़ा और वृद्ध माँ-बाप की सेवा भी तो करनी थी।

॥ कब तक रोएँगे घर वाले,

आँसुओं ने अभी सोचा नहीं है।

उनके यादों की आग तलक

पानी अभी पहुँचा नहीं है ॥

28 OCTOBER 2019

Yun Toh Har Subha Ek Naya Josh ,Jaazba Aur Sukun Le Kar Uthti Hai Yeh Zindagi, Lekin Aaj Ki Subha Raat Ka Intezaar Le Kar Uthi Hai. Intezaar Andhero Mein Jagmagati Roshni Ka, Bachon Ke Hathon Mein Jalte Fuljharion Ka Ya Fir Parivaar Sang Baith Samay Bitane Ka. Diwali Ka Parv Hota Hie Itna Khash Hai. Main Bhi Apne Ghar Ki Saaf Safaie Mein Lga Hua Tha Chuki Raat Mein Hone Wale Ganesh Pooja Ka Intezaam Bhi Toh Kerna Tha. Sab Sahi Chal Raha Tha. Yun Toh Kahte Hai Ab Kisi Baat Par Khulti Kahan Hai Khidkiyan Par Na Jane Kyun Aas-Pas Ke Sare Log Daur Uthe. Unhe Pta Chala Tha Mera Bada Bhai Adhmara Halat Mein Mila Hai. Daudte Hue Wo Log Uss Waqt Iss Baat Se Bilkul Anjaan The Ki Sayad Wahan Koi Aur Bhi Ho Skta Hai. Dar-asal Ghar Ke Pas Hie Ek Mithayi Ki Dukaan Chalane Wala Shakhs Gayab Tha. Diwali Ka Din Tha Na Logon Ne Dhayan Dia Aur Na Hie Unke Ghar Walo Ne. Baharhaal Bade Bhai Ki Marham-Patti Karne Ke Baad Hum Sabhi Ghar Laut Aaye Lekin Sham Tak Ye Baat Pure Gaon Mein Maano Sukhe Jungle Mein Lage Aag Si Fail Gayi.. Tab Tak Andhera Apne Sang Anhoni Ki Ek Kamjor Dor Lete Aaya Tha. Ek Aaisi Dor Jise Koi Bhi Todna Na Chahe..

Vikash Sah Ke Name Se Pehchaan Rakhne Wala Yeh Shakhs Aab Tak Wapas Nai Lauta Tha. Dhalte Samay

Ki Kasauti Par Unka Parivaar Mano Bikhar Sa Gya Tha. Poore Raat Talashne Ke Baad Bhi Koi Unke Baachon Ko Jawab Nahi De Saka- "Roo Mat Aa Jayenge Papa"

Inn Berang Ujaalon Ko Koi Subha Kaise Kahe Lekin Aanhoni Ko Koi Taal Bhi Toh Nai Sakta Hai. Pas Ke Hie Pokhar Mein Ek Shav Mila Hai Inn Shabdon Ke Sath Uss Din Logon Ki Subha Hoti Hai, Aur Wo Shakhs Koi Aur Nahi Wahi 'VIKASH SAH" Hai Jise Beetain 24 Ghanton Se Sabhi Dhundh Rahe The. Logon Ki Talash Toh Khatam Hui Lekin Jaazbaton Ka Jan Sailaab Umar Pada.. Uss 30 Varsh Ke Insan Ko Abhi Bahut Kaam Karna Baki Tha. Unhe Apne Bachon Ko Bada, Apni Patni Sang Bhudha Aur Vridh Maa-Baap Ki Seva Bhi Toh Karni Thi….

"Kab Tak Rooenge Ghar Wale

Aanshuon Ne Abhi Soocha Nahi Hai

Unki Yaadon Ki Aag Talak Paani

Abhi Pahuncha Nahi Hai"

॥ मेरे भाई ॥

मेरे भाई

दिवाली की रौशनी में...

सुनी पड़ी थी मेरी गली।

घट चुकी थी दो ऐसी घटना...

जो अब तलक थी नहीं घटी।।

एक था ज़ख़्मी हालत में...

दूजा था जाने कहाँ?

अनहोनी की आशंका पर...

बेबस पड़ा था हमारा जहाँ।।

सुबह की पहली ये किरण,

खबर ये कैसी लायी हैं?

पानी में औंधे,

पड़ा मिला है कोई

इस शब्दों ने माँ-बाप के,

रूह में आग-सी लगायी है।।

देख कर अपने बेटे को,

माँ ने गुहार तो लगाई होगी।

हालात देख उस माँ की,

मौत को शर्म तो आयी होगी?

रास्ते का वो वक़्त,

भाई ने कैसे गुजरा होगा?

ना मौजूदगी "विकास" की,

उसे क्या खूब सतायी होगी?

है स्तब्ध आज वो नारी...

सुनी उसकी माँग की लाली।

उस पत्नी का क्या दोष है?

पल भर में है जिसने,

अपनी पूरी दुनिया ही हारी।।

आसमानी धुएँ संग,

मिल चुका था वो इंसान।

जिसकी राह निहार बैठे थे,

उसके दो नन्हे संतान।।

निकलते ही जनाज़ा,

रूह सब की कॉंप उठी।

लौटकर वापस ना आएगा,

थी परिवार की तो डोर टूटी।।

नम आँखें यें मेरी,

दे रही आज श्रद्धांजलि...

शिवम की बातों में सदैव,

अमर रहोगे मेरे भाई।।

MERE BHAI

Diwali Ki Raushni Mein

Suni Padi Thi Meri Gali

Ghaat Chuki Thi Do Aaisi Ghatna

Jo Ab Talak Thi Nahi Ghati

Ek Tha Jakhmi Halaat Mein

Dooja Tha Jane Kahan

Anhoni Ki Aashanka Par

Bebas Pada Tha Humara Jahan

Subha Ki Pehli Ye Kiran

Khabar Ye Kaisi Layi Hai

Pani Mein Aundhe

Pada Mila Hai Koi

Inn Sabdon Ne Maa-Baap Ki

Rooh Mein Aag-si Lgayi Hai

Dekh Kar Apne Bete Ko

Maa Ne Guhar Toh Lagayi Hogi

Halaat Dekh Uss Maa Ki

Maut Ko Sharm Toh Aayi Hogi?

Raste Ka Wo Waqt

Bhai Ne Kaise Gujara Hoga

Na-Maujudgi VIKASH Ki

Use Kya Khoob Satayi Hogi ?

Hai Shtabdh Aaj Wo Nari

Suni Uski Mang Ki Lali

Uss Patni Ka Kya Dosh Hai

Pal Bhar Mein Hai Jisne

Aapni Poori Dunia Hie Haari

Aashmani Dhue Sang

Mil Chuka Tha Wo Insaan

Jiski Raah Nihar Baithe The

Uske Do Nanhe Santaan

Nikalte Hie Janaza

Rooh Sab Ki Kanp Uthi

Laut Kar Wapas Na Aayega

Thi Parivaar Ki Toh Daur Tooti

Namn Aankhein Yeh Meri

De Rahi Hai Aaj Sardhanjali

Shivam Ki Baaton Mein Sadeev

Amar Rahoge Mere Bhai

।। अब दिखेगा कहाँ वो अंदाज़ सुशांत की

कलाकारी का,

अब मिलेगा कहाँ वो अल्फ़ाज़ राजपूती अदाकारी का,

अब तपेगा कहाँ वो इंसान पर्दों पर हमें

कुछ सिखाने को,

अब बहुत दूर जा चूका है इंसान फिर वापस

न आने को ।।

Ab Dikhega Kahan Wo Andaz Sushant Ki Kalakari Ka,

Ab Milega Kahan Wo Alfaz Rajputi Adakari Ka,

Ab Tapega Kahan Wo Insan Pardo Par Humein
Sikhane Ko,

Ab Bahut Door Ja Chuka Hai Insan Fir Vapas

Na Aane ko

॥ इश्क़ की चाँदनी ॥

रिश्ते-ए-वफ़ा पर अब कोई ज़िद्द नहीं थी,

मेरे चाँद को धूप कभी पसंद नहीं थी,

आईना भी जिससे हया कर जाए,

चाँद नहीं, वो बला का रूप थी।

ना ही मुद्दतों जुदा थे,

कहाँ सुबह-हो-शाम साथ थे,

घर के आँगन से हम दोनों,

बस! लुका-छुपी खेलें सारी रात थे।

एक रोज़ कुछ यूँ हुआ था,

छुप गई थी वो रूठ कर,

मैंने चाँदनी को इश्क़ कहा था,

वो चिढ़ गई थी इस बात पर।

धीमे-धीमे रातें बीतें,

ये अमावस बीते, लगे जैसे साल

इश्क़ जैसे ही कफ़स लगे

लो! मुद्दतों बाद आ गया चाँद ।।

ISHQ KI CHANDANI

Rishte Wafa Par Aab Koi Zid Nahi Thi

Mere Chand Ko Dhoop Kabhi Pasand Nahi Thi

Aaina Bhi Jisse Haya Kar Jaye

Chand Nahi Wo Bala Ka Roop Thi

Na Hie Muddaton Juda The

Kahan Subha-O-Sham Sath The?

Ghar Ke Aangan Se Hum Dono

Bs! Luka Chupi Khele Sari Raat The

Ek Roj Kuch Yun Hua Tha

Chup Gyi Thi Wo Ruth Kar

Maine Chandni Ko Ishq Kaha Tha

Wo Chid Gyi Thi Bss Iss Baat Par

Dheeme-Dheeme Raatein Beetein

Ye Amavas Beetein Lage Jaise Saal

Ishq Jaise Hie Kafas Lage

LO! MUDDATON BAAD AA GYA CHAND

॥ किस बहाने से बुलाऊँ,

तुम्हें हिज्र की रात पर।

मैंने सुना है आज-कल

तुम सिर्फ़ ग़ैरों से राब्ता रखती हो ! ॥

Kis Bahane Se Bulaun,

Tumhe Hizr Ki Raat Par

Maine Suna Hai Aaj-Kal

Tum Sirf Gairon Se Raabta Rakhti Ho.

॥ लौट सुकून के पास आना तुम ॥

जब कभी रौशनी दूर तलक ना दिखे,

नज़रों में तुम्हारी ज़िंदगी कम-सी लगे,

जब दिलों में कभी हो चाह की कमी,

भटक ना जाना किसी सुनसान-सी गली,

बस...बस लौट मेरे पास आना किसी भी घड़ी।

साँसें है जब तलक जीना ना छोड़ो तुम,

बातें है जब तलक उम्मीदें ना तोड़ो तुम,

पीड़ पर्वत-सी हो अगर परेशानी तुम्हारी,

उस हिमालय से भी गंगा निकालना ना छोड़ो तुम,

जब कभी लगे रौनक़ें खो सी गईं है तुम्हारी,

एक चिंगारी ढूँढ, बाती खुद को बनाना ना भूलो तुम,

बस....बस लौट मेरे पास आना मत भूलो तुम ।

मत देखो आकाश में कोहरा घना हैं,

रक्त वर्षों से नब्ज़ों में उबला कहाँ हैं ?

मुश्किल ये नहीं हवा में सिर्फ़ ज़हर घुला है !

सारा जिस्म तुम्हारा झुककर 'बोझ' से दोहरा हुआ हैं,

तुम सज़दे में थे, यें सिर्फ़ धोखा हुआ हैं,

आज आकाश ये देख बस स्तब्ध खड़ा हैं ।

हर सड़क में, हर गली में, हर गाँव, हर शहर में,

ज़िक्र मेरा ही देखो बेबाक़ हुआ हैं।

तमाम किताबों के पन्ने पलट देख लो तुम,

'सुकून' से आसान शब्द आख़िर मिला कहाँ है ?

इतनी अदाएँ दिखाकर मर गया जो,

लो सुन लो! अब सब कह रहे है,

ऐसा नहीं ऐसा हुआ है.... ऐसा नहीं ऐसा हुआ है....

LAUT SUKOON KE PAS A2ANA TUM

Jab Kabhi Raushni Door Talak Na Dikhe

Nazaron Mein Tumhari Zindagi Kam-si Lage

Jab Dilon Mein Kabhi Ho Chah Ki Kami

Bhatak Na Jana Kisi Sunsan-si Gali

Bss.. Bs Laut Mere Pas Aana Kisi Bhi Ghadi

Saansein Hai Jab Talak Jeena Mat Chodo Tum

Baatein Hai Jab Talak Umeedein Na Todo Tum

Peed Parvat-Si Ho Agar Paresaani Tumhari

Uss Himalaya Se Bhi Ganga Nikalna Na

Chodo Tum

Jab Kabhi Lage Raunke Kho Si Gyi Hai Tumhari

Ek Chingari Dhund Bati Khud Ko Banana Na Bhulo Tum

Bss... Bs Laut Mere Pas Aana Mat Bhulo Tum

Mat Dekho Akash Mein Kohra Ghana Hai

Rakt Varshon Se Nabzo Mein Ubla Kahan Hai

Mushkil Ye Nahi Hai Hawa Mein Sirf Zehar Ghula Hai

Sara Jism Tumhara Jhuk Kar Bhojh Se Dohra Hua Hai

Tum Sajde Mein The, Ye Sirf Dhoka Hua Hai

Aaj Manzar Ye Dekh Kar Bs Shtabdh Khada Hai

Har Sadak Mein, Har Gali Mein, Har Gawn-Har Sehar Mein,

Jikr Mera Hie Dekho Bebak Hua Hai

Tamam Kitaabon Ke Panne Palat Dekh Lo Tum

'SUKOON' Se Aasaan Shabdh Aakhir Mila Kahan Hai?

Itni Aadaien Dikha Kar Maar Gya Jo

Lo! Sunn Lo! Aab Sab Kah Rahe Hai

Aaisa Nahi-Aaisa Hua Hai

Aaisa Nahi-Aaisa Hua Hai

॥ मूँद लो आँखें, अच्छा लगेगा !

हक़ीक़त ना सही ख़्वाबों में तो राहत होगी।

नींद के गलियारों से गुज़र कर तो देखो।

क्या पता वहीं भटक कर अच्छा लगेगा ॥

"Mund Lo Aankhein, Acha Lgega

Haqiqat Na Sahi Khawbon Mein Rahat Toh Hogi

Nind Ke Galiyaron Se Guzar Kar Toh Dekha

Kya Pata Wahi Batak Kar Acha Lgega"

फ़ैसला

नींद आ जाती है क्या ?

सो कर उनकी बाँहों में,

क्या बदली धुन 'धड़कन' की,

तुम्हें मेरी 'याद' नहीं दिलाती?

चलो! माना, याद नहीं आती होगी,

पर क्या नींद में देख तुम्हें,

मेरी तरह वो भी निहारता है?

क्या सच में, वो भी मेरी तरह,

हमेशा फ़ुरसत में होता है ?

यूँ तो बातें तुम्हें याद नहीं,

भला बदली आवाज़ से बुलाया

नाम तुम्हें सुनाई कैसे दे देता होगा?

फ़ैसला किया, जो बर्बाद करने का,

फ़ासलों से तुम्हें फिर, डर क्यों नहीं लगता?

निहारती हो, ख़ुद को आईनों में अब भी,

नज़रें मिलाने से तुम्हें फिर डर क्यों नहीं लगता?

'बाबू-सोना' का माला जपती हो रात-दिन,

इरादों के अंजाम से तुम्हें फिर डर क्यों नहीं लगता?

चोट तो बेशक, लगती होगी आज भी तुम्हें,

दवा के वक़्त मेरी यादों से, तुम्हें डर क्यों नहीं लगता?

पायल तो आज भी वहीं पहनी है तुमने,

छन-छन की उस आवाज़ से तुम्हें डर क्यों नहीं लगता?

बच्चों वाली ज़िद होगी, आज भी तुम्हें,

मुकम्मल हुई बातों से तुम्हें फिर, डर क्यों नहीं लगता?

कल देखा था तुम्हें फिर उसी गली से गुजरते,

चौक पर उसी आईसक्रीम की दुकान को देख,

तुम्हें फिर डर क्यों नहीं लगता?

ईंस्टा के पोस्ट देखे हैं, मैंने भी तुम्हारे बहुत सारे,

वो उजली सूट के फीते बाँधने से

तुम्हें फिर डर क्यों नहीं लगता?

वक़्त, माहौल, सख़्ती सब वही तो है, घर की तुम्हारी

रात भर जग कर बात करने से,

तुम्हें फिर डर क्यों नहीं लगता?

FAISLA

Nind Aa Jati Hai Kya

Soo Kar Unki Baahon Mein

Kya Badli Dhoon Dadkan Kie

Tumhe Meri Yaad Nahi Dilati

Chalo Maana Yaad Nahi Aati Hogi

Par Kya Nind Mein Dekh Kar Tumhe

Wo Bhi Meri Tarah Niharta Hai

Kya Saach Mein Wo Bhi Meri Tarah

Humesha Fursat Mein Hota Hai

Yun Toh Baatein Tumhe Yaad Nahi

Bhala Badli Aawaj Se Bulaya

Naam Tumhara Sunai Kaise De Deta Hai

Faisla Kiya Jo Tumne Barbaad Karne Ka

Faaslon Se Tumhe Fir Dar Kyun Nahi Lagta

Niharti Hai Khud Ko Aaino Mein Ab Bhi

Nazre Milne Se Tumhe Fir Dar Kyun Nahi Lagta

BABU-SHONA Ka Mala Japti Ho Raat Din

Iradon Ke Aanjam Se Tumhe Fir Dar Kyun Nahi Lagta

Choot Toh Beshaq Lagti Hogi Aaj Bhi Tumhe

Dawa Ke Waqt Meri Yaadon Se Tumhe Fir Dar Kyun Nahi
Lagta

Paayal Toh Aaj Bhi Wahi Pahna Hai Tumne

Chan-Chan Ki Usi Aawaj Se Tumhe Dar Kyun Nahi Lagta

Baachon Wali Jidd Hogi Aaj Bhi Tumhe

Mukaamal Hui Meri Baaton Se Tumhe Fir Dar Kyun Nahi
Lagta

Kal Dekha Tha Tumhe Fir Usi Gali Se Gujarte

Chowk Par Usi IceCream Ki Dukaan Ko Dekh Tumhe Fir
Dar kyun Nahi Lagta

Insta Ke Post Dekhe Hai Maine Bhi Tumhare Bahut Sare

Wo Uzli Suit Ke Feetain Bhandhne Se Tumhe Fir Dar Kyun
Nahi Lagta

Waqt Mahool Sakhti Sab Wahi Toh Hai

Ghar Ki Tumhari

Raat Bhar Jag Kar Baat Kerne Se Tumhe Fir Dar Kyun Nahi
Lagta

॥ बेवज़ह तो यूँ नहीं जल रहे,

इश्क़ की चिता में तुम्हारे ?

मेरे मर्ज़ अनकहे रह गए,

या

कुछ फ़र्ज़ तुम्हारे छुट गए ॥

"Bewajah Toh Yuh Nahi Jal Rahe

Ishq Ki Chinta Mai Tumhari

Kuch Marz Aankhe Rah Gye

Ya

Kuch Farz Tumhare Choot Gye?

।।काश! माँ को बता देता ।।

काश! सज़दे में आपकी, सर को झुका लेता ।

पलकों में सिर्फ़ आप ही बैठी हो, ये बता देता ।

आपकी मुस्कान ही मिटाती है सारे गम मेरे,

माँ काश! तेरे चेहरे पर भी मैं मुस्कान दे पाता ।

काश! मेरी हिचकियों की कहानी तुम्हें सुना पाता,

मेरी ज़िंदगी में तुम्हारे दिए संस्कारों का दर्पण

दिखा पाता।

यूँ तो किश्तों पर मुहैया है इस शहर में सब कुछ,

काश! तेरी गोद की अहमियत मेरे जीवन में क्या है बता पाता
।

मेरे आँखों के पानी क्यों रह जाते है बेज़ुबान माँ,

काश! तेरे लाडले का अवर्णित प्यार तुम्हें

दिखा पाता ।।

KAASH! MAA KO BTA DETA

Kaash! Sazde Mein Aapki Sarr Ko Jhuka Leta

Palko Mein Sirf Baithe Hie Baithe Ho

Yeh Bata Deta
Aapki Muskaan Hie Mitaati Hai Sare Gum Mere

Maa Kash! Tere Chehre Par Bhi

Main Muskaan De Pata

Kaash! Mere Hitchkiyon Kie Kahaani
Tumhe Suna Pata

Mere Zindagi Mein Tumhare Diye

Sanskaro Ka Darpan Dikha Pata

Yun Toh Kiston Par Muhaiyaa Hai

Iss Sehar Mein Sab Kuch..

Kaash! Teri Gaud Kie Aehemiyat

Mere Jivan Mein Kya Hai Bata Pata

"Mere Aankhon Ke Pani Kyun Rah Jate Hai

Bezubaan Maa...?

Kaash! Tere Ladle Ka Awarnit Pyar Tumhe Dikha

Pata..."

57

।। सिरहाने मेरे नींद की महफ़िल मिले या न मिले,

यादें तुम्हारी हर रोज़ अपना काम करते आयी है ।।

Sirhane Mere Nind Ki Mahfil Mile Ya Na Mile,

Yaadain Tumhari Har Roz Apna Kaam Kerte Aayi Hai.

॥ डरना मत ॥

ख़ामोशी अपनी भूलना मत,

नज़र अपनी झुकाना मत,

बात दिल की रोकना मत,

कह दो इस दुनिया को,

फिर से अब टोकना मत

क़लम ही तो रूकी थी वहाँ,

लेकिन

ज़िंदगी लिखनी अभी बाक़ी हैं।

दिमाग़ ही तो घुमा था वहाँ,

लेकिन

सारी दुनिया, घुमाना अभी बाक़ी हैं।

भाग्य ही तो बिगड़ी थी वहाँ,

लेकिन

सबकी दुआएँ लगनी अभी बाक़ी हैं ।

मेहनत ही तो कम पड़ी थी वहाँ,

लेकिन

माँ-बाप का क़र्ज़ चुकाना अभी बाक़ी हैं।

ख़ुद से बेशक नाराज़ थें वहाँ,

लेकिन

ख़ुद को हँसते देखना अभी बाक़ी हैं ।

दम घूँट-सा रहा होगा वहाँ,

लेकिन

जी भरकर साँस लेना अभी बाक़ी हैं ।

तानें पर रहें होंगे बेशक तुम्हें यहाँ,

लेकिन

तुम्हारा स्टीक जवाब देना अभी बाक़ी हैं।

सब ख़त्म करने को जी चाह रहा होगा,

लेकिन

तुम्हारा दोबारा उठना अभी बाक़ी हैं ।

DARNA MAT

Khamoshi Apni Bhulna Mat,

Nazar Apni Jhukna Mat,

Baat Dil Ki Rokna Mat,

Fir Se Ab Tokna Mat.

Kalam Hi To Ruki Thi Wahan

Lekin

Zindagi Likhni Abhi Baaki Hai.

Dimag Hi To Ghuma Tha Wahan,

Lekin

Sari Duniya, Ghumana Abhi Baki Hai.

Bhagy Hi To Bigdi Thi Wahan,

Lekin

Sabki Duaein Lagni Abhi Baki Hai.

Mehnat Hi To Kam Padi Thi Wahan,

Lekin

Maa-Baap Ka Karz Chukana Abhi Baki Hai.

Khud Se Beshaq Naraz The Wahan

Lekin

Khud Ko Haste Dekhna Abhi Baki Hai.

Dum Ghoont-sa Raha Hoga Wahan,

Lekin

Jee Bharkar Saans Lena Abhi Baki Hai.

Taane Par Rahein Honge Behsaq Tumhe Yahan

Lekin

Tumhare Satik Jawaab Dena Abhi Baaki Hai

Sab Khatm Karne Ko Jee Chah Raha Hoga

Lekin

Tumhare Dobara Uthna Abhi Baki hai

मुझसे हमेशा मैं ही पीछे छूट रहा हूँ,

अब कौन बताए मुझे मैं आख़िर कहाँ खो रहा ?

Mujhse Humesha Main Hie Piche Choot Raha Hoon,

Aab Kon Btaye Mujhe Aakhir Main Kahan Kho Raha Hoon.

॥ छोड़ो! ये मेरे नसीब की कहानी थी ॥

मिले थे जो हम दोनों,

बस इश्क़ ही कमाई थी।

खर्च किया उनको जब भी,

बस रिश्तों में मिठास पायी थी।

तुम चाँद थी, मैं था चकोर,

ये बात कहाँ समझ में आयी थी।

छोड़ो ना! ये मेरे नसीब की कहानी थी।

मैं क़ैदी हुआ तुम्हारे प्यार का,

तुम रिहा कैसे कर जाओगी ?

छोटा-सा संसार थी तुम मेरी,

शायद इस बात की ही तो लड़ाई थी।

पर भूल न पाऊँगा वो लम्हा,

जब दहलीज़ तुमने लाँघी थी।

छोड़ो ना! ये मेरे नसीब की कहानी थी ।

हक़ से कहना तुम सब से,

किरायेदार तुमने ऐसा पाया था,

दिल के दरवाज़े पे कभी तुम्हारे,

प्यार की लौ को जलाया था।

फ़ुरसत में बुलाना तुम कभी,

बैठ, हिसाब उस वक़्त का करना था,

कुछ तुम कहना, कुछ मैं बोलूँगा?

अच्छा छोड़ो ना! ये मेरे नसीब की कहानी थी ।

मज़बूर हो उठी हैं मेरी तन्हाई,

तमाम बातें ये तुमसे करनी थी।

कागज़ की तरह जो प्यार जलाया था तुमने,

उस बची राख में, लगी आग दिखानी थी।

पैग़ाम तुम्हें मैं भेज रहा हूँ,

इस बहती हवा से सुनते जाना,

क़यामत के रोज़ सिर्फ़ इंतज़ार रहेगा,

बकाया इश्क़ का तुम चुकाती जाना।

बस! नज़र के सामने जो तुमने,

रेत की मंज़िलों को तोड़ा था ?

बस समेट रहा हूँ आज भी सब,

क्या पता, यही नसीब की कहानी थी।

अब नींद उसी दिन आएगी,

जिस पल तुम मेरी सिर्फ़ हो जाओगी।

अच्छा-अच्छा लो अब छोड़ दिया ,

समझ गया हूँ,

ये मेरे नसीब की कहानी ही रह जाएगी ॥

CHODO! YE MERE NASEEB KI KAHANI

Mile The Jo Hum Dono

Bs Ishq ki Hie Kamai Thi

Kharch Kiya Unko Jab Bhi

Bs Rishton Mein Mithash Pai Thi

Tum Chaand Thi, Main Tha Chakor

Yeh Baat Kahan Samajh Mein Aai Thi

Chodo! Ye Mere Naseeb Ki Kahaani Thi

Main Kaidi Hua Tumhare Pyar Ka

Tum Rihaa Kaise Kar Jaogi

Choti Sansaar Tha Meri Tum

Shayad Iss Baat Ki Ladai Thi

Par Bhool Na Paunga Wo Lamha

Jab Dahleez Tumne Langhi Thi

Chodo Na! Ye mere Naseeb Ki kahaani Thi

Haq Se Kahna Tum Sab Se

Kirayedar Tumne Aisa Paya Tha

Dil Ke Darwaje Par Kabhi Tumhare

Pyar Ke Loh Ko Jalaya Tha

Fursat Mein Bulana Tum Kabhi

Baith Hisaab Uss Waqt Ki Karni Thi

Kuch Tum Kahna, Kuch Main Bolunga

Acha Chodo Naah!

Yeh Mere Naseeb Ki Kahaani Thi....

Mazboor Ho Uthi Hai Meri Tanhayi

Tamaam Baatein Jo Tumse Karni Thi

Kagaz Ki Tarah Jo Pyar Jalaya Tumne

Uss Bachi Raakh Mein, Lagi Aag Dikhani Thi

Paigaam Tumhe Main Bhej Raha Hoon
Iss Bahti Hawa Se Sunte Jana

Kayamat Ke Roj Sirf Intezar Rahega

Bakaya Ishq Ka Tum Chukati Jana

Bs! Nazar Ke Samne Jo Tumne

Sapno Ke Manzil Ko Toda Tha

Bs Samet Raha Hoon Aaj Bhi Sab

Shayad Naseeb Ki Yahi Kahaani Hai

69

"Aab Nind Usi Din Aaegi
Jiss Pal Tum Meri Sirf Ho Jaogi

Acha-Acha Lo Chod Diya

Samajh Gaya Hoon

Ye Mere Naseeb Ki Kahaani Rah Jaegi"

|| लबों की महक, चेहरे की चमक,

मंज़र की दीवानगी वापस दे,

हलक से तेरा नाम भूला दूँगा,

तू मेरी वफ़ादारी वापस दे ||

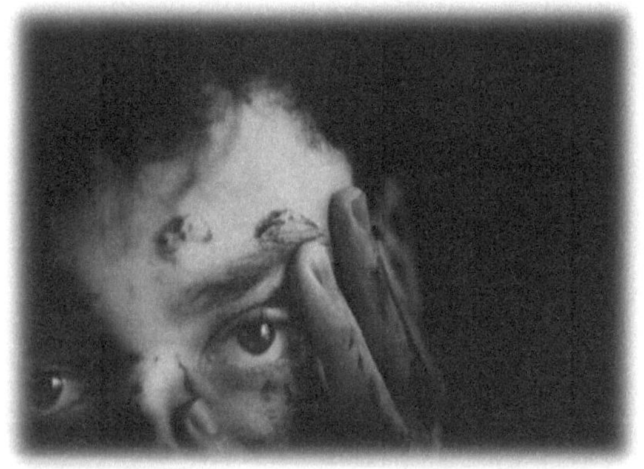

Labon Kie Mehak, Chehre Ki Chamak

Manzar Ki Deewangi Wapas De

Halak Se Tera Name Bhula Dunga

Tu Mere Wafadari Wapas De.

॥ तुम मुझे सुन तो लोगी? ॥

तुम मुझे सुन तो लोगी?

मैं बोलूँगा, तुम सुन तो लोगी,

चुपके से सही, तुम देख तो लोगी,

मेरे शाम का सूनापन,

मेरे रात का वो मौसम,

तुम उसमें भीग तो लोगी?

मेरी भीड़ का अकेलापन,

वो मेरी बातों का रूठापन,

तुम समझ तो लोगी?

मेरी वो रफ़्तार मारती धड़कन,

वो मेरी सूनी पड़ी नब्ज़ों की छन-छन,

तुम संभाल तो लोगी?

मेरी सिसकियों से भरी आवाज़,

वो मेरी बहकी-बहकी सी बात,

तुम पहचान तो लोगी?

सुनो जाना, तुम सुन तो लोगी?

तुम पर क़ुर्बान मेरा बचपन,

वो मेरी आँखों का उज़ड़ापन,

मेरी ज़िन्दगी का दर्पण,

वो अँधेरे में बिखरा पड़ा मेरा मन,

मेरी घड़ी से वक़्त का गिर जाने,

तुम समेट तो लोगी?

वो लोगों के ताने ,

अनगिनत अँनत बातें,

तुम समझ तो लोगी?

वो आसमानों से कहीं मेरी बातें,

वो चाँद को गिनाए हमारे वादे,

तुम जी तो लोगी?

मेरे ईमान की वो सच्ची,

मेरे यक़ीन की रुसवाई,

सुनो जाना, तुम सच्ची में सुन तो लोगी?

बेखबर मेरे जज़्बातों को,

बेमतलब की तुम्हारी बातों को,

तुम मुक्कमल तो कर लोगी?

गहरी नींद में तुमको मिलने से,

दर्द सीने में जगा रहने से,

सच समझ कर कहीं सच में,

तुम मेरा तो हो लोगी?

बेमकसद तेरी गलियों का वो चक्कर,

वाक़िफ़ हुई रास्तों पर ठोकर,

तुम बता तो दोगी?

सुनो जाना, तुम सुन तो लोगी?

तुम्हारी दस्तक़ पर मेरे दिल का खुलना,

तुम्हारे जाते-जाते वापस मुड़ कर न देखना,

तुम्हारे लिए वो बनना सँवरना,

सच में जाना, तुम सुन तो लोगी?

TUM MJHE SUNN TOH LOGI?

Tum mjhe sunn to logi?

Main bolunga tum sunn toh logi

Chupke se sahi tum dekh toh logi

Mere sham ka sunapnn

Mere raat ka wo mausam

Tum usme bheeg toh logi?

Mere bheed ka akelapan

Wo meri baaton ka ruthapann

Tum smjh toh logi?

Meri wo raftar marti dhadkan

Wo meri suni padi nabzo kie chan-chan

Tum sambaal toh logi?

Meri siskiyo se badhi aawaj

Wo meri behki behki si baat

Tum pahchan toh logi?

Suno jana tum sunn toh logi?

Tum par kurbaan mera bachpan

Wo meri ankhon ka ujdapan

Meri zindagi ka darpan

Wo Andhere me bhikhra pda mera mann

Meri ghadi se waqt ka gir jana

Tum samet toh logi?

Wo logo ke taane

Anginat anant baatein

Tum smjh toh logi?

Wo aasmano se kahi meri baatein

Wo chand ko ginaye humare vaade

Tum jee toh logi ?

Mere imaan kie wo sacchi

Mere yaqin kie ruswaayi

Suno jana tum sach mein sunn toh logi ?

Bekhabar mere jajbato ko

Bematlab kie tumhari baaton ko

Tum mukammal toh kar logi ?

Gahri nind mein tumko milne se

Dard seene mai jaga rahne se

Sach Samjh kar kahin sach mein

Tum mera toh ho logi ?

Be makshad teri galiyon ka wo chakkr

Waqif hui rasto par thokar

Tum bta toh dogi ?

Suno jana tum sunn toh logi ?

Tumhari dastak par mere dil ka khulna

Tumhare jate-jate wapas mud kar na dekna

Tumhare liye wo bnna sawarna

Sach mein jana tum sunn toh logi ?

॥ तुम्हारे हाथ का खिलौना नहीं मैं,

जिसे तोड़ कर तुम भूल जाओगे ।

गर! थामा था कभी हाथ मेरा तुमने,

तो जनाब !

कभी न कभी तो तुम पछताओगे ॥

"Tumhare Hath Ka Khilona Main Nahi,

Jise Tod Kar Tum Bhool Jaogi

Agar! Thama Tha Kabhi Hath Mera Tumne

Toh Janab!

Kabhi Na Kabhi toh Tum Pachtaoge!"

॥ वो भीग रही है बारिश में ॥

"लिख-लिख कर अपने जज़्बातों को

झूम उठा फिर उनकी यादों में,

क्या खो दिया ख़ुद को मैंने

भीग इन अम्बर की बरसातों में ?"

वो भीग रही है बारिश में,

क्या कुदरत की कोई साज़िश नहीं ?

वो नभ की अश्रु धारा संग,

क्या खूब क़यामत बरसा रही ।

वो काग़ज़ की कश्ती में बैठे,

क्या खूब यादें हमारी तैरा रही ।

वो मीठी-मीठी चाय की चुस्की,

क्या खूब बार-बार लिए जा रही ।

वो तमाम बूँदें बारिश की बेशक,

क्या खूब आज इठरा रहीं ।

वो पकते हुए भुट्टों में जैसे,

यादें हमारी बारिश की जला रही ।

वो भीग रही है बारिश में,

क्या कुदरत की कोई साज़िश नहीं ?

आँखें मूँद कर जो उन्हें देख रहा,

ऐसी क्यों ये नौबत आयी है।

मेरी दूरियों का सिर्फ़ एहसास दिलाने,

क्या फिर ये बारिश आयी है ?

रफ़्ता-रफ़्ता भूल रहा हूँ,

शायद इसी में सबकी भलाई है ।

मेरे अरमानों में आग लगाने,

बेशक! आज ये बारिश आयी है ।

वो भीग रही है बारिश में,

ये कुदरत की ही साज़िश है ॥

WO BHEEG RAHI HAI BARISSH MEIN

"Likh-Likh Kar Apne Jajbaaton Ko

Jhoom Utha Fir Unki Yaadon Mein

Kya Kho Diya Hai Maine

Bheeg Inn Amber Ki Barsaaton Mein"

Wo Bheeg Rahi Hai Baarish Mein

Kya Kudrat Kie Koi Saazish Nahi ?

Wo Nabh Ki Aashru Dhara Sang

Kya Khoob Kayamat Barsa Rahi

Wo Kagaz Kie Kasti Mein Baithe
Kya Khoob Yaadein Humari Tayraa Rahi

Wo Mithi-Mithi Chai Ki Chuski

Kya Khoob Baar-Baar Liye Jaa Rahi

Wo Tammam Boondein Barrish Ki Beshaq

Kya Khoob Aaj Itra Rahi

Wo Pakte Hue Bhuton Mein Jaise

Yaadein Humari Baarish Ki Jala Rahi

Wo Bheeg Rahi Hai Baarish Mein

Kya Kudrat Ki Koi Sazish Nahi ?

Aankhein Moond Kar Jo Unhe Dekh Raha

Bhala Aaisi Kyun Naubat Aayi Hai ?

Meri Dooriyon Ki Sirf Ehsaas Dilane

Kya Fir Ye Barrish Aayi Hai ?

Rafta-Rafta Bhul Raha Hoon

Shayad Isi Mein Sab Ki Bhalayi Hai

Mere Armano Mein Aag Lagane
Beshaq! Aaj Ye Barrish Aayi Hai

Wo Bheeg Rahi Hai Barrish Mein

Haan! Kudrat Ki Yahi Sazish Hai

॥ याद उसकी बस इतनी बचा रखी है,

हलक में हिचकीं अब भी बस,

उसके नाम की फँसा रखीं हैं ॥

"Yaad Uski Bas Itni Bacha Rakhi Hai

Halak Mein Hichqi Aab Bhi Bas,

Uske Name Ki Fasa Rakhi Hai"

॥ एक आवाज़ मेरी भी ॥

गर! देखना हो दास्ताँ-ए-सितम

गौर से,

तो आँखों में भरा खुमार फेंकते आना।

गर! पढ़ना हो इस निर्बोध के

मन की दहशत,

तो मेरे गुनाहगारों की बोई फसल तुम

काटते आना।

गर! मिटाना हो इस समाज और मेरी

मासूमियत के बीच का फ़ासला,

तो भविष्य के गर्भ में छुपा मेरा धूमिल

चेहरा सँवारते आना।

गर! मुझ पर बीते उनकी हैवानियत की

सुननी हो आवाज़,

तो! जरा सुरक्षित घुम रहे उन हैवानों को

तुम बाँधते आना ॥

EK AAWAZ MERI BHI

Agar Dekhna Ho Dastan-E-Sitam

Gaur Se, Toh!

Aankhon Mein Bhara Khumar Faikhte Aana

Agar Padhna Ho Iss Nirbogh Ke

Mann Ki Dahshat, Toh!

Mere Gunhegaro Ke Boye Fashal

Tum Kaatte Aana

Agar Mitaana Ho Iss Samaj

Aur Meri Masumiyat Ke Beech Ka Faasla

Toh Bhavishya Ke Garv Mein Chupa

Mera Dhumil Chehra Sawarte Aana

Agar Mujh Par Beetein Unki

Haiwaniyat Ka Sunna ho Aawaz

Toh zara Surakshit Ghum Rahe

Unn Hawano Ko Tum Baandhte Aana..

॥ ज़िंदगी से नज़दीकियाँ अब बढ़ने लगी हैं ।

फ़क़त-इश्क़ में अब समझदारी घुलने लगी है ॥

"Zindagi Se Nazdikiyaan Ab Badhne Lagi Hai

Fakat Ishq Mein Ab Samajhdari Ghulne Lagi Hai"

॥ माही जा रहा है ॥

अपने शौर्य का चुनाव कर

पुरानी हार का घाव भर

विरोधियों में दहाड़ कर

विश्व कप को जीता कर

फ़ैंस की पुकार पर

हेलीकॉप्टर शॉट कर

'पल दो पल का शायर हूँ' गा कर

रिटायरमेंट का ऐलान कर

न० 7 की असली कहानी दोहरा कर

माही अब जा रहा है ।

22 गज की दुनिया में

विश्व फ़तह करता माही

दे दना दन मारता छक्का

प्रतिध्वनधी को करता भौंचक्का

शांत स्वभाव से खेल चलाए

हारी बाज़ी खींच वापस लाए

विकेटों के पीछे जब-जब नज़र आए

पलक झपकते गिल्लियाँ उड़ाए

रफ़्तार की है सारी दुनिया कायल

अपनी जुनून से करता है सब को घायल

चाही है तो मुमकिन है,

लोगों में ये अटूट विश्वास दिलाए

रिटायरमेंट अंत नहीं

तो रिटायरमेंट से क्यों डरे

आओ मिलकर इस बात को

खुले आसमान में कहें

वो लंबे बाल वाले धोनी का

Subscription

साल दर साल Renew

करना होगा ,

घबराओ मत दोस्त

आगे तो बढ़ो, बस अगले मोड़ पर

MSD की अगला छक्का होगा

MAHI JAA RAHA HAI

Apne Shaurya Ka Chunaav Kar

Purani Haar Ka Ghav Bhar
Virodhiyo Mein Daahar Kar
FANS Ki Pukaar Par

Helicopter Shot Sikha Kar
'Pal Do Pal Ka Shayar Hu' Gaa Kar

Retirement Ka Aailaan Kar

No. 7 Ki Kahani Dohra Kar

MAHI AAB JAA RAHA

22 Gazz Ki Dunia Mein

Vishvya Fateh Karta Mahi

De Dana Dan Marta Chakka

Pratidhuandhi Ko Karta Bhauchaka

Shant Shuav Se Khel Chalaye

Haari Bazi Kheech Wapas Laye
Wicketon Ke Picche Jab Bhi Nazar Aaye

Palak Jhapakte Gillayan Udayen

Raftaar Ki Hai Jiski Sari Dunia Kaayal

Apni Junoon Se Karta Hai Sab Ko Ghayal

"Mahi Hai Toh Mumkin Hai,

Logon Mai Yeh Atoot Vishwas Dilaye"

Retirement Aant Nahi

Toh Retirement Se Kyun Daarein?

Aao Mil Kar Iss Baat Ko

Khule Aasman Mein Kahe

Wo Lambe Baal Wale Dhoni Ka

<u>Subscription</u>

Saal Dar Saal Renew Karna Hoga

Gabhraao Mat Dost

Aage Toh Bhadho

Bss Agle Hie Mod Par
MSD Ka Agla Chakka Hoga

।। लाख कोशिशें कर नाम मिटाया है उसका,

कम्बख़्त! अब इस दाग़ का मैं क्या करूँ? ।।

"Lakh Koshish Kar Name Mitaya Hai Uska

Kambhaqat! Aab Iss Daag Ka Mein Kya Karu ?"

॥ अब फैंस बोलेगा ॥

कोई सिर्फ़ खेल कहता है।

कोई अवसर बताता है,

मगर क्रिकेट की दुनिया में!

इसे सब "मनोरंजन का बाप" समझता है।

IPL युवाओं के भविष्य की सीढ़ी है।

इससे वंचित हमारी कई पीढ़ी है।

हौसला जुटा कर बढ़लते रहे है फ़ैसले,

ना रूके थे और ना रूके है कभी।

आसमां में मार कर है डुबकी,

क्या खूब बजवाते है फैंस से सीटी।

खेल जमाते है, वापस जीतने का क़सम भी खाते है।

यूँ ही जहीं, भारत का एक बड़ा त्योहार बन जाते है।

गेंद का धागा खोल, जब बल्लेबाज़ गर्दा उड़ाते है।

यूँ ही नहीं, सुपर ओवर हम फैंस के साँसें अटका

जाते है।

जहाँ हुनर से चिरते है खिलाड़ी अवसर के परदे,

जहाँ लगते है विश्व भर के रणबाँकुरे के मेले,

जहाँ लोगों के हुजूम से बौने लगते है स्टेडियम,

चमकने के लिए इसलिए मोहताज़ नहीं है

IPL का रेडियम।

नज़रों में हमारे जज़्बा वही रहेगा,

खेल परखने का तजुर्बा वही रहेगा,

ऐसा मौक़ा और कहाँ मिलेगा?

IPL का संग्राम हमेशा चलता रहेगा॥

AB FANS BOLEGA

Koi Sirf Khel Kahta Hai,

Koi Avsar Batata Hai,

Magar cricket Ki Duniya Mein!

Ise Sab 'Manoranjan Ka Baap" Samjhate Hai

IPL Yuvaon Ke Bavishay Ki Seedhi Hai,

Isse Vanchit Humari Kai Peedhi Hai,

Hauslaa Juta Kar Badlte Rahe Hai Faisle,

Na Ruke The Aur Na Ruke Hai Kabhi

Aasmaan Mein Maar Kar Hai Dubki

Kya Khoob Bajwaate Hai Fans Seetie

Khel Jamate Hai, Wapas Jeetne Ka Kasam Bhi Khate Hai.

Yun HI Nahi, Bharat Ka Ek Bada Tayohaar Ban Jate Hai,

Gend Ka Dhaga Khol, Ab Ballebaaz Garda Udate Hai,

Yun Hi Nahi, Super Over Hum Fans Ke Saanse Atka Jaate
Hai

95

Jahan Hunar Se Chirte Hai Khilaadi Avsar Ke Parde,

Jahan Lagte Hai Vishv Bhar Ke Ranbankure Ke Mele,

Jahan Logon Ke Hujum Se Bauno Lagte Hai Stadium,

Chamkane Ke Liye Isliye Mohtaaj Nahi Hai

IPL Ka Radium

Nazaron Mein Humare Zazba Vahi Rahega,

Khel Parkhane Ka Tazurba Vahi Rahega,

Aisa Moka Aur Kahan Milega?

IPL Ka Sangram Humesa Chalta Rahega.

|| हमारे सपनों को सुबह-ओ-शाम धूप लगती है ।

कच्ची उम्र में ये ज़िंदगी कफ़स-सी लगती है

ना हो बदन पर क़मीज़ फिर भी

ये घुटने चादर से कम थोड़ी ढकती है ||

"Humare Sapno Ko Subha-O-Sham Dhoop Lagti Hai

Kacchi Umar Mein Yeh Zindagi Kafas Si Lagti Hai

Na Ho Badan Par Kamez Fir Bhi

Ye Ghutne Chadar Se Kamm Thodi Dhakti Hai"

॥ मैंने देखा है ॥

"मैं किसी रहमत का दरिया हूँ,

आने वाले अच्छे वक़्त का एक ज़रिया हूँ,

हाँ! मैं ख़ुदा का नवाज़ा एक अनमोल चिड़ियाँ हूँ "

मैंने देखा है

मैंने भीड़ में लोगों को भागते देखा है,

मैंने तारीख़ों में उलझे ज़माने को सिमटते देखा है,

मैंने लोगों में मिली उनकी धुमिल छवि को देखा है,

मैंने दर्द-ए-महफ़िल में अजनबियों का जमावड़ा देखा है

मैंने फ़रिश्तों के रूप में देश के तमाम वीरों

को देखा है,

मैंने ज़मीं से आए लोगों को बुलंदियों पर चलते

देखा है,

मैंने ग़ुरूर-ए-दौलत में लोगों को मरते कई बार

देखा है,

मैंने दर्द छुपाए लोगों को महफ़िल में हँसते ख़ूब

देखा है,

मैंने शीशे के सामने लोगों को नज़र झुकाते देखा है ,

मैंने टूटे हुए सपनों में लोगों को उम्मीद ढूँढते देखा है,

हाँ! मैंने देखा हैं

मैंने मज़हबी किताबों में उलझे पंडित-मौलवी देखा है,

मैंने नब्ज़ों में उनके नफ़रत का काँटा चुभे देखा है,

मैंने फ़तवे से डरे औरतों में कैद उनकी आज़ादी

देखा है,

मैंने तीर्थ गए लोगों के आँखों में आँसू का समंदर

देखा है

मैंने मज़हबी लकीरों के कारण इंसानियत का बँटवारा देखा

है,

मैंने साथ बैठे हिन्दू-मुस्लिम की नज़रों में ख़ुद

'इबादत' को खड़े देखा है।

हाँ! मैंने देखा है

मैंने बेगुनाह लोगों को सबूत देते हज़ार देखा है,

मैंने लोगों को लोगों से छुपते-भागते कई बार देखा है,

मैंने दिल के ख़ज़ानों में लोगों का लुटा बाज़ार देखा है,

मैंने नवजवानों के दिल-ए-मंदिर को विरान देखा है,

मैंने हँसते-हँसते लोगों को रोते कई बार देखा है,

मैंने फुटपाथ के पत्थर से मज़दूरों को लिपट कर सोते देखा है,

मैंने कलम से पत्थर पर लोगों को तस्वीर बनाते

देखा है,

मैंने पत्थर को पूजने वालों की तक़दीर बदलते

देखा है।

मैंने पत्थर से लोगों को राज-ए-दिल बयान करते

देखा हैं,

हाँ! मैंने लोगों का पत्थर-सा दिल भी देखा है।।

हाँ! मैंने ये सब देखा है

MAINE DEKHA HAI

Main Kisi Rahmat Ka Dariyan Hoon

Aane Wale Acche Waqt Ka Ek Jariya Hoon

Haan! Main Khuda Ka Nabaza

Ek Anmol Chidya Hoon

Maine Dekha Hai..

Maine Bheed Mein Logo Ko Bhaagte Dekha Hai

Maine Taarikho Mein Uljhe Jamane Ko Simtte Dekha Hai

Maine Logon Mein Mili Unki Dhumil Chavi Ko Dekha Hai

Maine Dard-E-Mehfil Mein Ajnabiyon Ka Jamawda Dekha
Hai

Maine Farishton Ke Roop Mein Desh Ke Tamaam Veeron
Ko Dekha Hai

Maine Zami Se Aaye Logon Ko Bulandiyo Par Chalte Dekha
Hai

Maine Gurur-E-Daulat Mein Logo Ko Marte Kayi Baar
Dekha Hai

Maine Dard Chupaye Logo Ko Mehfil Mein Haste Khoob
Dekha Hai

Maine Seeshe Ke Samne Logon Ko Nazar Jhukhate Dekha
Hai

Maine Toote Hue Sapno Mein Logon Ko Umeed Dhundhte
Dekha Hai

Haan! Maine Dekha Hai...

Maine Mehzabi Kitabon Mein Uljhe Pandit-Maulwi Dekha
Hai

Maine Nabzo Mein Unke Nafrat Ka Kanta Chubhe Dekha
Hai

Maine Fatwe Se Dare Auraton Mein Kaid Unki Aazadi
Dekha Hai

Maine Teerth Gaye Logo Ke Aankho Mein Aanshu Ka
Samandar Dekha Hai

Maine Mehzabi Lakiron Ke Karan Insaniyat Ka Baantwara
Dekha Hai

Maine Sath Baithe Hindu-Mushlim Ki Nazaro Mein Khud
Ibadat Ko Khade Dekha Hai

Haan! Maine Dekha Hai...

Maine Be-gunah Logon Ko Saboot Dete Hazaar Dekha Hai

Maine Logon Ko Logon Se Chupte-Bhagte Kayi Baar Dekha
Hai

Maine Dil Ke Khazane Mai Logon Ka Lauta Bazaar Dekha
Hai

Maine Nauzavano Ke Dil-E-Mandir Ko Viraan Dekha Hai

Maine Haste-Haste Logon Ko Rote Kayi Baar Dekha Hai

Maine Footpath Ke Pathar Se Mazdooron Ko Lipat Kar
Sote Dekha Hai

Maine Kalam Se Pathar Par Logon Ko Tasveer Banate
Dekha Hai

Maine Pathar Ko Poojne Walo Kie Taqdeer Badalte Hai

Maine Pathaar Se Logon Ko Raaj-E-Dil Bayaan Karte
Dekha Hai

Haan! Maine Logon Ka Pathar Sa Dil Bhi Dekha Hai

Haan! Maine Sab Dekha Hai

॥ जो बात भुलने बोलते हैं सभी

उस बात को लिखना है ।

इतने ख़ामोश ना थे कभी,

उस शोर को ही लिखना हैं ॥

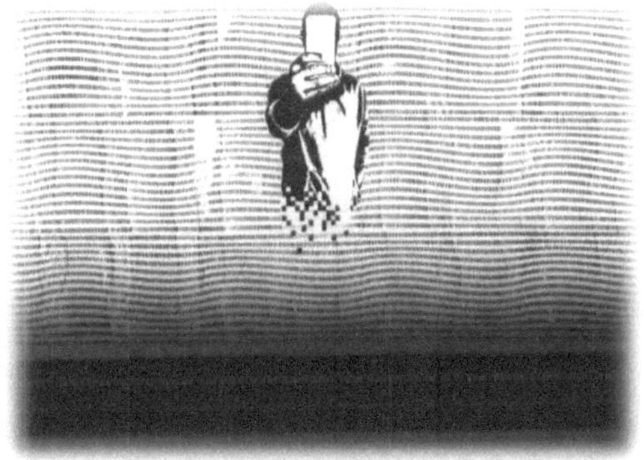

"Jo Baat Bhulne Bolte Hai Sabhi

Uss Baat ko Likhna Hai,

Itne Khamosh Na The Kabhi

Uss Shor Ko Hie Likhna Hai"

।। हम 'कोरोना' फतह कर पाएँगे ।।

"पतझड़ करते हैं लाख कोशिश,

फिर भी ये उपवन मरा करते कहाँ?

चंद मुखड़ों की नाराज़गी से,

ये दर्पण कभी टूटा करते कहाँ?"

चट्टान-सी खड़ी है मुसीबत,

हम सागर की लहर बन टकराएँगे,

बिखर रहा है इंसान ज़र्रा-ज़र्रा,

हम आत्मविश्वास की कंधी से,

'कोरोना' के डर को सँवार लाएँगे।

हाँ! हम 'कोरोना' फतह कर पाएँगे ।।

भविष्य का खाका, वर्तमान में खींच,

अपने इस जहाँ को, बचा ले जाएँगे।

होगा बेशक 'महामारी' दुनिया के लिए,

हम 'भारतवासी' इसके अंत का,

क़ाफ़िला, ख़ुद ही बनते चले जाएँगे ।।

हाँ! हम 'कोरोना' फतह कर पाएँगे ।।

हम अंतर्मन की ज्वाला से,

इस धरती में आग लगा सकते हैं ।

हम डमरू की प्रलय ध्वनि से,

भीषण संहार नचा सकते हैं ।

तेरी क्या बिसात हैं 'कोरोना'?

हम काल के माथे से यकीनन

तेरा ज़िक्र, जहाँ मिटा सकते हैं ।

हाँ! हम 'कोरोना' फतह कर सकते हैं ।।

भय-विस्मय का अंत कर,

अब दुनिया में ऐलान ये करना हैं,

साथ मिलकर ही भारत में,

अब 'कोरोना' का अंत करना हैं।

कदमों की ताल से अपनी,

अपनत्व का बादल सजा देंगे,

डूब रही हो अर्थव्यवस्था फिर भी,

हम जन-जन में हिम्मत का,

निवेश आपार कर जाएँगे।

हाँ! हम 'कोरोना' फतह कर जाएँगे।।

आशाओं के धागे जोड़-जोड़ संग,

इंसानियत की अनोखी चादर बुनना हैं,

मुहिम तो बहुत लड़ी है हमने,

अब, बस! 'कोरोना' फतह करना हैं।

हाँ! हमें 'कोरोना' फतह करना हैं।।

HUM CORONA FATEH KAR PAENGE

Pathjhad Karte Hai Laakh Koshish

Fir Bhi Ye Upwan Mara Karte Kahan

Chand Tukdo Ki Narazgi Se

Ye Darpan Kabhi Toota Karte Kahan

Chattaan-si Khadi Hai Musibat

Sagar Ki Lehar Ban Hum Takraenge

Bikhar Raha Hai Insaan Zarra-Zarra

Hum Atmavishwas Ki Kanghi Se

Corona Ke Daar Ko Sawaar Laenge

Haan! Hum Corona Fateh Kar Paenge

Bhavishya Ka Khakha Vartmaan Mai Kheech

Apne Iss Jahan Ko Bacha Le Jaenge

Hogi Beshaq Mahamari Yeh Dunia Ke Liye

Hum Bharatwashi Iske Antt Ka

Kafila Khud Bante Chale Jaenge

Haan! Hum Corona Fateh Kar Paenge

Hum Antt-tarm Ki Jwala Se

Iss Dharti Mein Aag Laga Sakte Hai

Hum Damru Ki Pralay Dhawni Se

Bhishan Sanghar Nacha Sakte Hai

Teri Kya Bisaat Hai Corona ?

Hum Kal Ke Mathe Se Yaqinan

Tera Zikron-Jahan Mita Sakte Hai

Haan! Hum Corona Fateh Kar Sakte Hai

Bhay Vishmay Ka Antt Kar

Ab Duniya Mein elaam Ye Karna Hai

Sath Mil Kar Hie Bharat Mein Ab

Corona Ka Antt Karna Hai

Kadmon Ke Taal Se Apni

Aapnatva Ka Badal Saza Denge

Doob Rahi Ho Aarthvyavastha Fir Bhi

Hum Jan-Jan Mein Himmat Ka

Nivesh Apaar Kar Jaenge

Haan! Hum Corona Fateh Kar Paenge

Aashaon Ke Dhage Jod-Jod Sang

Insaniyat Ki Anokhi Chaadar Ko Bunna Hai

Muhim Toh Bahut Ladi Hai Sabne

Ab Bs! Corona Fateh Karna Hai

Haan! Ab Corona Fateh Karna Hai..

॥ लो आ गया दर पर तेरे,

आँक लो हौंसलों को मेरे,

चिन्ता चिन्तन और चेतना

ये तो है वर्षों से खून में भरें ॥

"Lo Aa Gya Dar Par Tere

Aank Lo Haushlo Ko Mere

Chinta Chintan Aur Chetana

Yeh Toh Hai Varsho Se Khoon Mein Bhare"

॥ शिक्षक या भगवान ॥

आप शिक्षक नहीं मुकम्मल एक भगवान है,

कदमों पर आपके हमारे भविष्य का प्रमाण है

चाहत कुछ ख़ास नहीं इस ज़माने से मगर

झोले में आपके सिर्फ़ ज्ञान का भंडार है ।

मज़दूर-मजबूर-मक़बूल छुप ना जाए कहीं

संघर्ष तमाम आपकी हम भूल ना जाए कहीं

(गिन रहा हूँ उँगलियों पर एहसान वो सारे

दिख रहें है उन गिनतियों पर प्रयास आपके सारे)

पिता की डाँट है साये में आपके

माँ वाली दुलार है छाये में आपके

हृदय में आज भी वहीं खून

खौल रहा होगा आपके

अब कौन मोल लगा पाएगा

प्रयासों के क़र्ज़ को आपके?

हाथों में क़लम, बातों में एक सीख छुपा होता है

कमर झुकी जा रही हैं मगर, कंधों पर बोझ बढ़ा

होता है

इस सिरे से उस सिरे तक सबने दरकिनार ही किया है

हम बच्चों के शोरों के बीच ही तो आपने

ज़माने को इतिहास दिया हैं

हमें इल्म कहाँ थी कि आगे इतना ढलान है ?

हम फिसलते गए आज ना जाने कहाँ हैं

आकाश के क़लम से निकल कर आज

ये अल्फ़ाज़ तो सिर्फ़ नज़्म बनीं हैं

सजदे में आपके झुका कर मत्था

अब जा कर एक मशाल-सी बनीं हैं ।।

SIKSHAK YA BHAGWAN

Aap Sikshak Nahi Mukammal Ek Bhagwan Hai

Kadmon Par Aapke Humare Bhawishya Ka Praman Hai

Chahat Kuch Khaash Nahi Iss Jamane Se Magar

Jhole Mai Apke Sirf Gyan Ka Bhandhar Hai

Mazdoor-Mazboor-Makbool Chup Na Jaye Kahin

Sangharsh Tamam Apki Hum Bhool Na Jaye Kahin

Ginn Raha Hoon Ungliyon Par Ehsaan Wo Sare

Dikh Rahe Hai Unn Galtiyon Par Prayaas Apke Saare

Pita Ki Daant Hai Saayein Mein Apke

Maa Wali Dulaar Hai Chaayein Mein Apke

Hirday Mein Aaj Bhi Wahi Khoon Khool Raha Hoga Aapke

Ab Kon Mol Lga Payega Prayaaso Ke Karz Ko Aapke

Haathon Mein Kalam, Baaton Mein Ek Sikh Chupa Hota
Hai

Kamar Jhuki Jaa Rahi Hai Magar Khandhon Mai Bhoj
Bhada Hota Hai

Iss Shire Se, Uss Shire Tak Sab Nai Daarkinar Hie Toh Kiya
Hai

Hum Baccho Ke Shoron Ke Beech Hie Toh Apne

Iss Zamane Ko Itihaas Diya Hai

Hume Ilm Kahan Thi Ki Aage Ittna Dhalaan Hai

Hum Fisalte Gye Aaj Na Jane Kahan Hai

Akash Ke Kalam Se Nikal Kar Aaj

Ye Aalfaz Toh Sirf Nazam Bani Hai

Sazde Mai Apke Jhuka Ker Mathha

Aab Jaa Ker Ek Mashaal-si Bani Hai..

115

॥ मैं रिक्त स्थान की पूर्ति कहाँ कर पाया,

शिक्षक को एक अल्फ़ाज़ में लिख नहीं पाया ॥

Main Rikt Sthaan Ki Purti Kahan Kar Paya,

Sikshak Ko Ek Alfaaz mein likh nahi Paya..

॥ याद तुम कर लेते ॥

ज्वाला-मुखी के मुख पर बैठ कर,

चिंगारी से क्यों डरती हो?

सूरज की लाली है तुझमें,

अब अँधेरों में क्यों जीती हो?

आओ, मिल उन पाखंडियों को,

याद दिलाए ये लोक इतिहास...*2

*रक्त-बीज का रक्त चाटने वाली,

'चामुण्डा' याद रख लेते।

खप्पर वाली काली की

तेज़ ध्यान में रख लेते।

हाँ, माना तुम्हें याद नहीं,

दुर्गा का वो रूप विकराल।

महिषासुर का वध नहीं तो,

रावण का अंत याद रख लेते।

इस पापी चोले का त्याग कर,

काश! अर्थ राम का प्राप्त कर लेते।

अपनी कुबुद्धि त्याग कर,

बुद्ध तुम हो लेते।

वैसे, तू इंसान नहीं,

काश! इंसानियत को याद कर लेते।

गाँठ बाँध ले इस बात को,

तू पार ना इनसे पाएगा,

तू किन्चीत टिक न पाएगा,

इन पौरुष-पराक्रमी पैरों से,

तू हमेशा कुचला जाएगा।

तू शंका का ढूँढ़ हैं,

और वो समाधान की लाली है।

बढ़ चढ़ कर अब वार होगा,

यह बदली हुई नारी हैं।.. *2

आकाश के कलम की ताकत वो नहीं,

छोटी बात पर जो लड़ जाए।

खोटी-खोटी बात लिख कर ही,

जन-जन तक संदेश पहुंचाए।।

YAAD TUM KAR LETE

Jwalamukhi Ke Mukh Par Baith Ker

Chingari Se Kyun Darti Ho ?

Suraj Ki Laali Hai Tujh mein

Ab Andheron Mein Kyun Jeeti Ho ?

Aao Hum Mil Unn Pakhandiyo Ko

Yaad Dilaye Yeh Lok Itihash..

Rakt Beej Ka Rakt Chaatne Wali

Chamunda Yaad Rakh Lete

Khappar Wali Kali Ki

Tez Dhayan Mein Rakh Lete

Haan Maana Tumhe Yaad Nahi

Durga Ka Wo Roop Vikraal

Mahishasur Ka Vadh Nahi Toh

Raavan Ka Antt Yaad Rakh Lete

Iss Paapi Chole Ka Tyag Kar

Kash! Aarth Ram Ka Prapt Kar Lete

Aapni Bhudhi Tyag Kar

Bhudh Tum Ho Lete

Waise Tu Insaan Nai

Kash! Inshaniyat Ko Yaad Rakh Lete

Gaanth Bhand Le Tu Iss Baat Ko

Tu Paar Na Inse Payega

Tu Kinchit Tick Na Payega

Inn Paurush-Parakarmi Pairon Se

Tu Hamesha Kuchla Jayega

Tu Shanka Ka Dhoondh Hai

Aur Wo Samadhan Ki Laali Hai

Bhadh-Chadh Ker Ab War Hoga

Yeh Badli Hui Naari Hai

"Akash Ke Kalam Ki Taqat Wo Nahi

Choti Baat Par Jo Lad Jaye

Khoti-Khoti Baat Likh Kar Hie

Jan-Jan Tak Sandesh Pahuchaye"

॥ अँधेरों में दबीं आवाज़ भी तो निकलनी चाहिए

औरत भी है एक इंसान, ये बात समझनी चाहिए

बंद दरख़्तों का जुर्म,

उजागर खिड़कियों को करना चाहिए ।

आँचल में फँसे आँसुओं को,

इस समाज पर भी छिड़कना चाहिए ॥

Aandhero mein Dabi Aawaj Bhi Toh Nikalni Chahiye

Aurat Bhi Hai Ek Insaan Yeh Baat Samjhni Chahiye

Band Darkaton Ka Jurm Ujagar Khidakiyon Ko Karna
Chahiye

Aanchal Mein Fase Aanshon Ko Iss Samaj Par Bhi
Chidakna Chahiye

|| टिमटिमाते तारों-सी पहचान रह गयी,

दिख कर भी वह अनजान रह गयी ||

|| इत्तफ़ाक़ से कहाँ उदास बैठे थे ?

हाँ !

तुम दशानन के दास बने बैठे थे ||

||घर की ख़्वाहिश में मानो,

जैसे आँगना ही भुला बैठे हैं।

इक तेरे इश्क़ की जद्दोजहद में,

खुद को पागल बना बैठे हैं ||

Timtimate Taaron Si Pahchan Rah Gayi,

Dikh Kar Bhi Wo Aanjan Rah Gayi..

Ittfaq Se Kahan Udas Baithe The

Han!

Tum Dashanan Ke Das Bane Baithe The

Ghar Ki Khawhish Mein Mano,

Jaise Aangna Hie Bhula Baithe Hai

Ek Tere Ishq Ki Jaddojehad Mein

Khud Ko Pagal Bana Baithe Hai

॥ ठहर-सा गया तस्वीर देख तुम्हारी,

ग़लतफ़हमी ही सही

तुम्हें साथ देख ख़ुश जो हो रहे थे ॥

॥ अस्पताल के एक कोने में

ये कैसा खेल चल रहा ?

टाँके क्यों पड़ रहे है उसे

जब दिल है पूरा टूटा पड़ा ॥

॥ इंतज़ार या इत्तफ़ाक़ ?

तुम्हें देखने के लिए

दोनों सँभाल रखा है ॥

Thahar Sa Gya Tashveer Dekh Tumhari

Galatafahami Hie Sahi

Tumhe Sath Dekh Khush Jo Ho Rahe The

Aspatal Ke Ek Kone Mein

Yeh Kaisa Khel Chal Raha Hai

Tanke Kuy Par Rahe Hai Use

Jab Dil Ha Poora Toota Pada

Intezar Ya Ittefaq

Tumhe Dekhne Ke Liye

Dono Samhal Rakha hai

॥तुम्हारे हुस्न के क़सीदे पढ़ने वाले

खूब मिलेंगे भरीं महफ़िल में।

कोई चुपके से तुम्हारी झुर्रियों को,

इश्क़ कह जाए तो रूकना ॥

उस रात का पता दे दो,

जिस रात वक़्त भी कम पड़ जाए।

हमें यक़ीन है तुम्हें प्यार नहीं है मुझसे,

शायद कहीं उस रात ही हो जाए..?

॥मेरे बर्बादी के क़ाफ़िले में,

वो कहती है कि शामिल नहीं हैं।

मेरे ख़्वाहिशों की कत्ल कर बैठी है,

फिर भी कहती है कि वो कातिल नहीं है ॥

Tumhare Husn Ke Kashide Padhne Wale

Khoob Milenge Bhari Mehfil Mein

Koi Chupke Se Tumhari Jhurriyon ko,

Ishq Kah Jaye Toh Rukhna

Uss Raat Ka Pata De Do

Jiss Raat Waqt Bhi Kam Pad Jaye

Humein Yaqin Hai Tumhe Pyar Nahi Hai Mujhse

Shayad Kahin Uss Raat Hie Ho Jaye

Mere Barbadi Ke Kafile Mein

Wo Kahti Hai Ki Shamil Nahi Hai

Mere Khawishon Ki Katl Kar Baithi Hai,

Fir Bhi Kahti Hai Ki Wo Katil Nahi Hai

।। प्यार किसी रिवीज़न की तरह थोड़ी है,

जो करना ही है,

धोखा भी कहाँ परीक्षाओं की तरह है,

जिससे डरना ही है ।।

।। चलो इस जीवन का दराज़ खोलते हैं

क्या खोया-क्या पाया इसका हिसाब ढूँढते हैं

वक़्त के सिलवटों में लिपटी रोज़ की

भाग-दौड़ को देखते हैं

सुकून भरा साँस लेकर,

जज़्बातों को जीतें है

बहुत तलाशा लेकिन जो मिल ना सका,

उस चाहत को लिखते हैं

चलो पन्नों में अपने बिताए पल को समझते हैं ।।

Pyaar Kisi Revision Ki Tarah Thodi Hai,

Jo Karna Hie Hai..

Dhoka Bhi Kahan Parikhshaon Kie Tarah Hai,

Jisse Darna Hie Hai

Chalo Iss Jeevan Ka Daaraj Kholte Hai

Kya Khoya-Kya Paya Iska Hisaab Dhundhte Hai

Waqt Ke Silvaton Mein Lipti Roj Ki

Bhag-Daur Ko Dekhte Hai

Sukoon Bhara Saans Leker,

Jazbaaton Ko Jeetein Hai

Bahut Talasha Lekin Jo Mil Na Saka,

Uss Chaahat Ko Likhte Hai

Chalo Panno Mein Apne Bitaye

Pal Ko Samajhte Hai

129

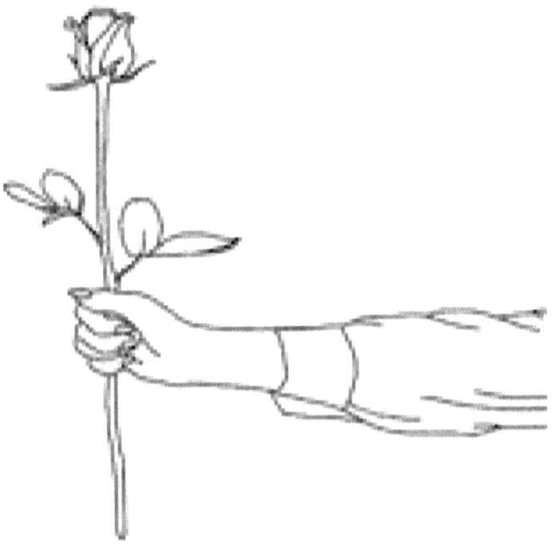

www.ingramcontent.com/pod-product-compliance
Lightning Source LLC
Chambersburg PA
CBHW022142150726
47992CB00002B/710